詩集

羽化するまでは

目次

羽化するまでは

羽化するまでは

小　石

あの　回帰線上の
とおいみどりの海への回想のなかに
黙って　微笑と　花束を投げ
エメラルドの
ああ　思い出の
小石をひろって
一日の道程を　いそぐひとよ
微かに潮鳴りの鼓動する　砂丘にむかい
冬木立の影像のつきるところ
はるか散在するトルソーの孤独が
終止符のように　小さく
風にゆれて
ひかっている

だが　あなたの
終点のない　道程
うしろに郷愁のシグナルをのこして

いま三つ目の駅を過ぎる
あなたの遍歴は斜陽にちかく
すでに　星の座は東天にあった
追憶の　曠野の涯
山峡の侘しい村々を通り
ああ　思い出の
小石を握って
立ちさるがいい

昨日の言葉と
昨日の歌とを

旅の終わりに

いつ熟れ落ちるかもしれない果実の
その重たい孤独をかかえきれなかった夜明け
山巓の小屋で
きみの不在が吊り洋燈《ランプ》のようにゆれていた

ふと
はぐれてしまった言葉が
記憶のなかの　みえない茂みで
なくした磁石をさがしていた

薄らぎかけた夜のベールを
ときおり雨がそっと濡らしてゆく
しめやかに秋の名残をただよわせて

どこかしれない山稜の岩陰に
時間が
さっきからケルンを積んでいる

やがて
いくえにもおれまがった桟道のくらがりを
灯もつけずに降りてゆく人影があったが
生《せい》の暗さの　みしらぬ谷間を
きみは霧のようにかくしていた

硬貨ふり

I

すこしずつ　世界のはしへ
ずりおちながら
どうやらへばりついているやつ

ころげまわり
たえず身をすりへらしては
どこへでもたくみにのしあがるやつ

みぎにかたむき　ひだりによろけ
おしあいへしあい
いがみあい

どちらを向いても
おなじ鋳型の顔ばかりが　ひしめいて

Ⅱ

とつぜん
すべてのざわめきが　剥がれて
むきだしにされてくる世界の

そのうすべったさ

のっぺらぼうの　沈黙が
ずらり　ならんだ

Ⅲ

どれもこれも
さいごの飛躍に
鈍くひかって

たちまち　みえなくなる

無が　しらじらしい顔を
いっせいに　ふりむけると
世界は　ただ
一枚のいたきれに　かえっていた

＊『硬貨ふり』とは江戸時代からある硬貨を数えるための道具、銭枡（ぜにます）のこと。一九五〇年代に硬貨自動処理機が登場するまでは銀行などで盛んに用いられていた。形状は、三方を枠で囲んだ長方形の板（辺の一つに手がついている）に、針金状の線が将棋盤のように縦横に貼ってあり、硬貨が一枚ずつ入る枡目が五〇できている（古くは、貨幣制度の違いなどにより数の異なるものもある）。

使い方は、①銭枡に沢山の硬貨を載せて横に振り、全部の枡目が埋まったら、余りのものを元に戻す。②銭枡を縦に起こし、残っている硬貨を軽く放り落とすような感じで、カルトンなどの容器にあける。

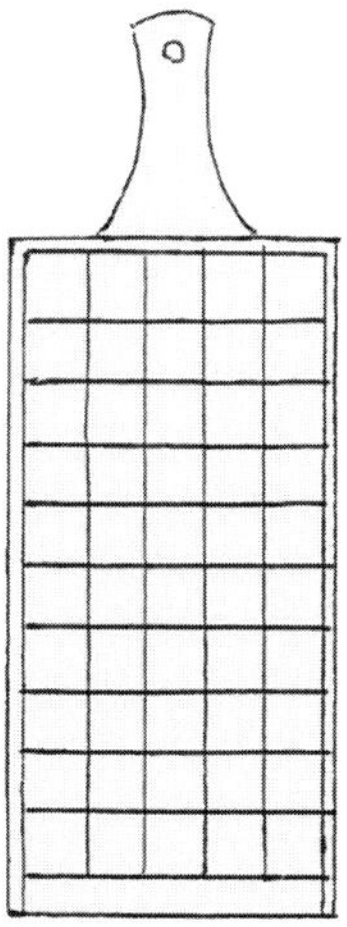

薔薇

気紛れな指先が　ほんの退屈しのぎに
一枚一枚　はなびらを毟《むし》っている

時間の薄ら闇を　次々と
さまざまな能面が舞い落ちてゆく
声も無く
すべてが白日夢のように

もう　花の中心には
明日を支えるいっぽんの蕊《しべ》もない
やがて　空洞があらわれてくる

挽　歌

——採石場のある風景——

どこへ消えたのだろう

山稜のまばゆさを突き抜け
天との出合いまで
あこがれだけが登り詰める
あの道は

ざらざらとした苛立ちばかりが
石屑のようにつづいている
これはもう　自然を逆撫でする
みみずばれのいやらしさ
秘められた素肌を　思うさま這い回り
太古より連なる血脈の誇りを
臆面もなく踏みにじる

けものたちのぬくもりを掠めて

歳月の痕もろとも
あらあらしく剥げ落ちるものはなんだろう

匂いたつ樹の肌のすがすがしさも
ひっそりとまつわる霧のやさしさも
季節を隈取り　息づかせる
営みのすがたは　すでにない
硝煙の臭いがつきまとい
貪欲の影がふかぶかとたれこめる
この枯れいそぐ樹林のなかには

茫々とひろがる　準高原山地の一角
雲ひとつないというのに
ここだけが暗く翳って
風に鳴るのは
むきだしにされた骨たちの
たえまなく　きしむ音だ

山は　まだ堪えている

ぶざまに墜ちてくる未来が
石くれとなって突き刺さるのを
空の高みに
人間のおぞましさを灼《や》きつけたまま

或る朝　人々は目覚めて見るだろう
空が重い蓋のように閉じるのを
おまえの死にふさわしい
霧の棺の上に

時　間

あなたが縫うのは
あけがたの海のようにやさしく
それでいて淋しい布

あなたの手の
しなやかな白い遊泳
ひかってはきえる
追憶の針

見え隠れに　仄々とつづく
ひとすじの軌跡
夢にも似た心もようの
明暗をつづり合わせて

覚めきれない微睡《まどろみ》のどこかに
いまも　うねり　揺らぐ
様々な襞はなんだろう

石にかえる

――野仏抄――

いくらすくいあげても
種のようにこぼれ落ちて
世にあふれるかなしみは
この小さな掌《て》では
すくいきれない

日毎に影を増してくる
藪のようなものが
慈悲も済度の願いも
かたくなに拒んでいるのか
際限もなくとおざかってゆく
ひとのいのちの
漂うさきは
まるで見当もつかない

立ちつくすしかない身の哀しさ

苔をよろうてみても
こころの痛みは
まなざしにあふれて
かくしようもない
いまは蔓草ばかりがはびこり
障碍《しょうげ》をなして
からだいちめんに纏わりついてくる

わずかなぬくもりさえあれば
もう石にかえってもいい
目をとじて
おのれの内側の
かすかな埋み火を
じっとみつめていたい

——風の音に聞こえたのは
　野仏の呟きだったのかもしれない

扉

いつからか
羽を休めた鳥のように
じっとこちらを見詰めている
あの影は
いまでは懐かしい　もうひとりの私

なにげなく　その肩に手を伸ばして
歳月の隔たりを
橋のように越えてゆけたら
そうして　探しあぐねていた鍵を
「これでよかったら」と
さりげなく差し出すことができたら——
そのひとは　ノブひとつ回すだけで
そっと出て行くだろう

扉の外は　抜けるような朝の空
風がいっせいに声をかけてくる

急に見上げると　眩しすぎるので
はじめは伏し目がちのほうがいい
それでも
生まれたてのような瞳には
いままで見えなかった心の奥深くに
人をつなぐ　しなやかな通路が見える

いまはまるで萎んでいるみたいな
扉の内側は
もう　重荷にはならないので
鳥の身軽さが心にも立ちかえってくる
地を離れるときの　きらびやかな一瞬が
追想のなかの遥かな風景に浮かび上がる
そして優しさが　のびのびと羽をひろげる

いつかきっと　空高く舞い上がるだろう
ゆっくりと弧を描きながら
視野のどこにも
あの扉が見えなくなるまで

この空のもとで

――「国連・障害者の十年」の或る日に――

この街の上を　太陽は避けて通る
爆発物は市民には近付くなと言われて

ここにはもう　夕焼けはやってこない
もし街に火がついたらどうすると
まるで放火でもされるように騒がれて

空は立ち去ろうとしている
いつ墮ちてくるか不安だと言われるまえに

影に怯えているのは誰ですか
みずから目を閉ざして
ありもしないものを怖れているのは
なにもかも無造作に
ひとのこころまでも
物のように追いやって

それなら
こころに火を噴くかなしみの炎は
誰が消してくれますか
危険物取扱者の目には見えない

一刻も早く呼び戻してください
いまにも弾き出されてしまいそうな
どんなに危うい生も　繋ぎとめる
日溜りのような眼差しのゆたかさを
なんの咎《とが》もない無垢の太陽を

息をひそめて
石のように押し黙る空
この空の下には
飽食に溺れる街はあっても
人間はいないのですか

貝になる街

刺のような舌先をちろちろ出して
うるさいほど泡ふいて

おのれの鋳型にすこしでも合わないものは
ふんぞりかえって　容れまいとする

誰にもある筈のやさしさまでが
この生きものには異物のように見える

殻のなかでは　血の色もしだいに褪せてくる
ひっこめるだけひっこめられた夥しい手や足も

ひしめく肉たちのあいだに
萎《な》えたまままちぢこまって

饐《す》えたような闇のにおい
にんげんの声なんぞ　どこからも聞こえない

どんなに繁栄をよそおっても
なにひとつ孕めない哀しい貝

蓋をあけると　臓物のようなものが
どろりと流れ出る

羽化するまでは

不安に揺らぐ含羞《はにか》みの向こうから
物怖じするような瞳を覗かせる
そんな幼げな傷つきやすいきみが作るのは
架空とはとても思えない　奇妙な繭

昨日というきれぎれの　夢の残滓を
糸のように繋ぎ合わせて
たどたどしく　不器用に織り成しては
熟しきれない自らの生を閉じ込める

人臭い匂いをかすかに漂わせて
ときには無愛想ともみえる殻
今は鼓動の乱れだけが　わずかに聞こえる
胎内にも似通うこの不思議な小宇宙で
もの言わぬきみに　何が起こっているの

待ち侘びるしかないぼくらの　熱い思いが
繭の息づきをそっと見守るなか
近づくと思えば　ふいに遠のいたり
もう一人の陰の自分と入れ替わったり
まるで　食変光星のかくれんぼ

きみは　どうなってしまうの
胸騒ぎのような　この繭の震えは

どこへも出られない愛は
もどかしげに戻ってくる
燃え募るのは　おのれへの愛ばかり
空気は熱っぽく　いっそう希薄になる

誰にも届きそうもない言葉は
ただ影のようにうずくまる
谺だけが　弱々しく
虚空を巡るあてどない旅をつづける

たくらみ

擦れ違いざまに素早い耳うち　いわくありげな薄笑い
物陰からさりげなく　殺気をひそめた隠微な目配せ
誰だろう　聞き覚えのない胡散臭《うさんくさ》いひそひそ声で
人に紛れて　そそくさと立ちまわる

何食わぬ顔をして　あれは恐ろしい合図の咳払い
狙った獲物を追い込む手筈に違いない
眠れぬ夜を不吉な予感がけもののように駆け抜ける

殻の弾けるような　耳慣れない音がして
思いもよらない現実が　不意に顔を見せる
ほんものみたいに装って　それもひとつの殻か
邪悪と誹謗に塗れた禍禍《まがまが》しい相貌が透けて見える

息を殺して身辺を窺う影の　ただならぬ気配
人気《ひとけ》もないのに突然喚き立てるように
得体のしれない不穏な声が

時には　物音ひとつしない背後の暗がりから
べったりと全身に纏い付くような
敵意に満ちた忌まわしい眼差しが——

まぼろしとも夢魔ともつかぬ迫害者の
ささくれだったおぞましい猜疑の目に
四六時中　付けまわされ
そのうえ　心底の裏まで見透かされては
身もこころも　恐るべき呪縛のはてに
ことごとく曝け出すよりほかはない

日常空間の　死角の端にでも潜んでいたのか
ある時は全能の神にさえも易易と成り済ます
変幻自在の　妖気を孕んだ不気味な影が
にわかに数を増して跳梁する
日々の平穏がひそかに隠し持っている
呪詛に溢れる眼窩のような　闇から闇へと
世界の崩壊まで　あと幾許《いくばく》の時間もない

こころの影絵〈着ぐるみ〉

いつからか　被せられたままなのに
誰も気付いてくれない
着ぐるみのなかの苦しさ
脱ぎ捨てて
自分を見るのは　もっと苦しい

こころの影絵〈抜け道〉

こころの何処を通り抜けると
そんなところまで行けるの
こちら側から見れば
どれも　影のようにしか見えないのに
どんな自分に出会えたら　戻ってくるの

こころの影絵〈目の牙〉

こころは　裸のまま身じろぎひとつできない
何処からも　舐めるようにじろじろ見られ
追い詰められて逃げ場のない獲物
張りつめた空間の　裂けめから
牙をむきだしてくる　あれは自分の目

こころの影絵〈罠〉

覆っていた膜が　突然嘘のように剥がれて
まわりは急におしゃべりになる
馴れ馴れしい素振りで冗談を浴びせる
そのくせ　謎めいた言葉の背後に
見え隠れする刃の切っ先は　なんだろう

こころの影絵〈変貌〉

思わず声をあげそうになる

熟れてくる夜の重みを
果実はもう　抱えきれない
濃くなる闇のなかで
しだいに研ぎ澄まされてゆく芯

海辺のラルゴ

地球って　ほんとうは
こんなにのんびり回っているんだね
岬も雲も　のっそりと
大きなあくびをする
どうやら
日頃は暗い顔付きの
気難しそうな「時間」までが
昔のやさしさを取り戻したのか
空気よりも軽やかでしなやかにみえる

うっすらと目を細めるような
あれは島影
日常のなかのわずかな隙間
遠い日に置き忘れた　ゆめのひとひら
ふと現れては
嘘のように消えてしまう

下ろしたてのカンバスそっくりだね
明日を見はるかす水平線は
どんな想いも
のびのびと自在に描けて
いつも誰かが呼んでいるようで
見たこともない真《ま》っ新《さら》な自分に出会えそうで

心のような厄介なものは
どさりと投げ出して
ただ　のうのうとしていたいな
あの潮騒になっていたいな
からだじゅうを耳にして
波の音だけを聞いている

遠くのほうで　浮標《ブイ》がいつまでも揺れている

初期詩篇　一九五〇～一九六〇

林檎

北国のひっそりとした明け暮れや
雪の匂いといっしょに
林檎は夕暮れの霙降るなかをとどいていた

あなたはいま明るい電灯の下で笑っていて
うつくしいものでいっぱいなあなたの未来を考え
子供のように春の訪れを待ちこがれている
その笑い声やゆめをつつんで
ただ歳月のように降りつもるもの
かきわけても
手のとどきそうにもない
あなたの部屋のぬくもり

林檎よ
それは仄暗い男だけの部屋で
ひそやかにぬれて光っている
いくつかのとおい記憶にも似て

かみしめれば　なぜか疼きのように
歯にしみとおってくる郷愁

満ちてゆく香気の　せつなさに咽びながら
手紙をひらくと
あつい吐息がしずかに零《こぼ》れてきた

ニンフ

真昼の都会の街路の上に
陽気なニンフの誕生だ

五月のプリズムから生まれた
めくるめく虹の変身だ

大気にひろがる波紋のリズム
明るい思想と生活の交配だ

ああ　この侘しい砂漠で
こがれもとめていた朱欒《ザボン》のように

はちきれたばかりの瑞々しい肢体から
新鮮な感触が僕の喉をながれてくる

無　題

僕の前をのろのろと
季節のない黒い貨車が何台か通り過ぎると
夕映えの線路にそって散らばったコークスを
誰かが傷痕のように掻き集めている

不在

うしろむきのまま
ベンチひとつ見えない広場で
正札のように心臓をぶらさげて立っている

その眼にもくちびるにも
砂まじりのかぜが吹きこみ

うちがわから
たえずひび割れてゆくおまえ

さかさにしてふってみると
錆がやたらにこぼれてくる

なみだも洟《はな》もおくびも
キイひとつで
数字のように叩きだされ

ころがされても
けとばされても
回虫いっぴき這いでてこない

がらんどうのからだ

どこかでまだ
ぼくの不在が唸りつづけてはいたが
その一個のモオタアから
黄昏がベルトのようにのびはじめる

風に吹かれて

僕はただ時間の通路
気付く人もない暗渠
偽りの中に埋もれて
確かなものと云えば
時の影を映す壁だけ
夢ひとつ棲めぬ様な
無機的な心の深層で
風化した愛も言葉も
次々と泥砂のごとく
崩落し続けるだろう

寂寥の海に溺れては
行く末知れぬ漂流に
現実は遠のくばかり

終焉の日々を演じる
愚かしい営為の果て

闇を抱く哀れな僕は
吹き曝しの淋しい繭

出帆

潮流のなかに
舵がすべりおちると
たとえば名宛の失われた手紙が
積荷のかげに散乱する港で
なんと重い錨を投げたことか
沖にむかって浮標をながしていた日々
累積する季節風の重みに堪え
悔恨の舳先をぐっと虚空にあげていた
喫水線のかたむき

ナルシスという酒場の奥で
四季を飲み乾したあとのグラスを手に
落日を見詰めている
その水夫の暈《かさ》のある瞳孔にいまも浮かぶ
錆び付いた船名の文字
かつての耀きの侘しい残像よ
焦点をとおくする

とびうおの肌の翳るがままに
唄はふたたび
残照の岬を辿ることはないであろう

方位さえ蝕まれた夜の海図には
燃えつきてしまった愛の焦げ跡が
海には欲望の萎《な》えてゆく匂いが

それでも
幾世紀かまえの羅針盤をたよりに
新しい航海に乗り出そうとする朝
空翔ける鳥たちのきらめく影はあっても
もはや旅立つ時のうち震えるような
予感に満ちたあの高まりはない
海に飽きた水夫のパイプから立ちのぼる
アンニュイのなかの暗い花花
ああ　おまえたちを連れて
錨をはなれた
帆のさまよい

暗礁のある
海峡の彼方へ

みえない山

霧のなかで
ぼくらのまさぐる手が
眠れないけものたちの孤独に触れると

おまえをとりまく夜のふかみへ
ぼくらは眩暈《めまい》のように墜ちはじめる

しばらくは
太古のざわめきがつづいて
透けてゆく闇のむこうに
見覚えのない不思議な明るさがあふれてくる

いかなる生をも包みこんでしまう
その限りないやさしさのなかに
はてしなく燃えあがる森がひろがり
どこからもみえない　おまえの内奥が
すこしづつあらわになる

そこでは　ぼくらは蟻のように
たがいのさびしさに触れあいながら
あたたかいほら穴をもとめて　さがしまわる
おまえの愛の　どんな秘めやかな叢のすみにも
這入りこもうとする

けれども
暗い湿原の　記憶のおくに
夜明けにむかうひとすじの道があらわれてくると

あとずさりするおまえの影が
背をむけてしまった世界のむこうがわへ
もう　みえなくなる

あとがき

二十代の初め頃、手すさびに詩のようなものを作り始めてから七十年、ようやく詩集として纏めあげることができました。

掲載作品の数は僅か二十五篇で、駄作も多いことは否めませんが、自分なりに生きてきた昭和・平成それぞれの時代相を写し出すものとして、また、その時代とともに歩んできた自分史の一端として、意義のあることと思っています。

私は定年退職後、精神障害者の社会復帰施設の一つである共同作業所（その後、制度改正により「就労継続支援B型事業所」に移行）でお手伝いをさせていただきました。そこでの二十二年半には忘れ難い数々の出会いがあり、施設の利用者やスタッフの方々、家族会の皆さんなどとの心に残る交流を通じ、それまでの私では到底気付くことのできない沢山のことを教えていただきました。それはまた、詩（「扉」から「海辺のラルゴ」に至る一一篇）の制作のうえにも大きな影響を与えています。

今から三十数年前のことです。経験の浅い私にとっては生涯決して忘れ得ないショッキングな出来事に遭遇しました。それは、施設建設の要望に応えて地方自治体が建設計画を発表したところ、地元住民の激しい反対に遭い、私たち施設側の署名運動などの活動も甲斐なく、計画は挫折し、その期待は完全に裏切られてしまったというものです。詩集のなかでは、二つの詩篇にその時の体験が色濃く影を落としています。

拙いながらも長い間好きな詩を書いてこられたのは、私の人生に彩りと豊かさを与えてくださった、諸先輩はじめ友人諸氏、また、施設関係者の皆さんなど、多くの方々のご厚情のお陰と、この場をお借りして御礼申し上げます。

これまで数々の詩の制作や詩集の編纂などにご教示・ご助言をくださった終生の友故荒山和男氏には衷心より感謝いたしております。なによりも喜んでいただきたかったのですが、ほんとうに残念でなりません。もし氏との出会いがなかったならば、この詩集が世に出ることは決してなかったと思います。

補記 （1）制作の時期については次のとおりです。

一九五〇年（昭和二五年・二〇歳）より、二〇一三年（平成二五年・八三歳）まで

（2）作品の掲載順は制作年月順とはなっておりません。

二〇二三年　五月

鵜飼 良男

鵜飼 良男（うかい よしお）

略歴

一九二九（昭和四）年

一二月一五日　東京都文京区に生まれる

一九四八（昭和二三）年

三月　帝京商業学校卒業

四月　安田銀行（のちに富士銀行に改称）に入行

一九八九（平成元）年

一二月　富士銀行退職

一九九一（平成三）年

四月　精神障害者共同作業所（のちに就労継続支援B型事業所に移行）に入職

二〇一三（平成二五）年

一二月　同施設退職

現住所　埼玉県新座市石神三‐一七‐九

詩集　羽化するまでは

二〇二三年五月十九日　初版第一刷発行

著者　鵜飼 良男
発行者　森 弘毅
発行所　株式会社アールズ出版
〒一一三-〇〇〇三
東京都文京区春日二-一〇-一九-七〇二
電話 〇三-五八〇五-一七八一
ファックス 〇三-五八〇五-一七八〇
http://www.rs-shuppan.co.jp
装丁・組版　テラカワ アキヒロ
印刷・製本　大村紙業株式会社

ISBN978-4-86204-305-4 C0092